人間椅子

江戸川乱歩＋ホノジロトヲジ

初出：「苦楽」1925年10月

江戸川乱歩

明治27年（1894年）三重県生まれ。早稲田大学卒業。雑誌編集、新聞記者などを経て、1923年「二銭銅貨」でデビュー。明智小五郎を主人公とする探偵小説など、数多くの作品を執筆。主な著書に、『怪人二十面相』、『少年探偵団』などがある。「乙女の本棚」シリーズでは本作のほかに、『押絵と旅する男』（江戸川乱歩 + しきみ）がある。

ホノジロトヲジ

2015年よりフリーのイラストレーターとして活動中。キャラクターデザイン、イラストなどを手がけている。著書に、『死後の恋』（夢野久作 + ホノジロトヲジ）、『外科室』（泉鏡花 + ホノジロトヲジ）、『瓶詰地獄』（夢野久作 + ホノジロトヲジ）、『シキノメモリエ』、『しろしろじろ』がある。

佳子《よしこ》は、毎朝、夫の登庁を見送ってしまうと、それはいつも十時を過ぎるのだが、やっと自分のからだになって、洋館のほうの、夫と共用の書斎へ、とじこもるのが例になっていた。そこで、彼女は今、K雑誌のこの夏の増大号にのせるための、長い創作にとりかかっているのだった。

美しい閨秀《けいしゅう》作家としての彼女は、このごろでは、外務省書記官である夫君の影を薄く思わせるほども、有名になっていた。彼女のところへは、毎日のように未知の崇拝者たちからの手紙が、幾通となく送られてきた。

けさとても、彼女は、書斎の机の前に坐《すわ》ると、仕事にとりかかる前に、先《ま》ず、それらの未知の人々からの手紙に目を通さねばならなかった。

それはいずれも、極《き》まり切ったように、つまらぬ文句のものばかりであったが、彼女は、女の優しい心遣いから、どのような手紙であろうとも、自分にあてられたものは、ともかくも、ひと通りは読んでみることにしていた。

簡単なものから先にして、二通の封書と、一葉のはがきを見てしまうと、あとにはかさ高い原稿らしい一通が残った。別段通知の手紙は貰《もら》っていないけれど、そうして突然原稿を送ってくる例は、これまでにもよくあることだった。それは、多くの場合長々しく退屈きわまる代物《しろもの》であったけれど、彼女はともかくも、表題だけでも見ておこうと、封を切って、中の紙束を取り出してみた。

それは、思った通り、原稿用紙を綴《と》じたものであった。が、どうしたことか、表題も署名もなく、突然「奥様」という、呼びかけの言葉ではじまっているのだった。はてな、では、やっぱり手紙なのかしら。そう思って、何気なく二行三行と目を走らせて行くうちに、彼女はそこから、なんとなく異常な、妙に気味わるいものを予感した。そして、持ち前の好奇心が、彼女をして、ぐんぐん先を読ませて行くのであった。

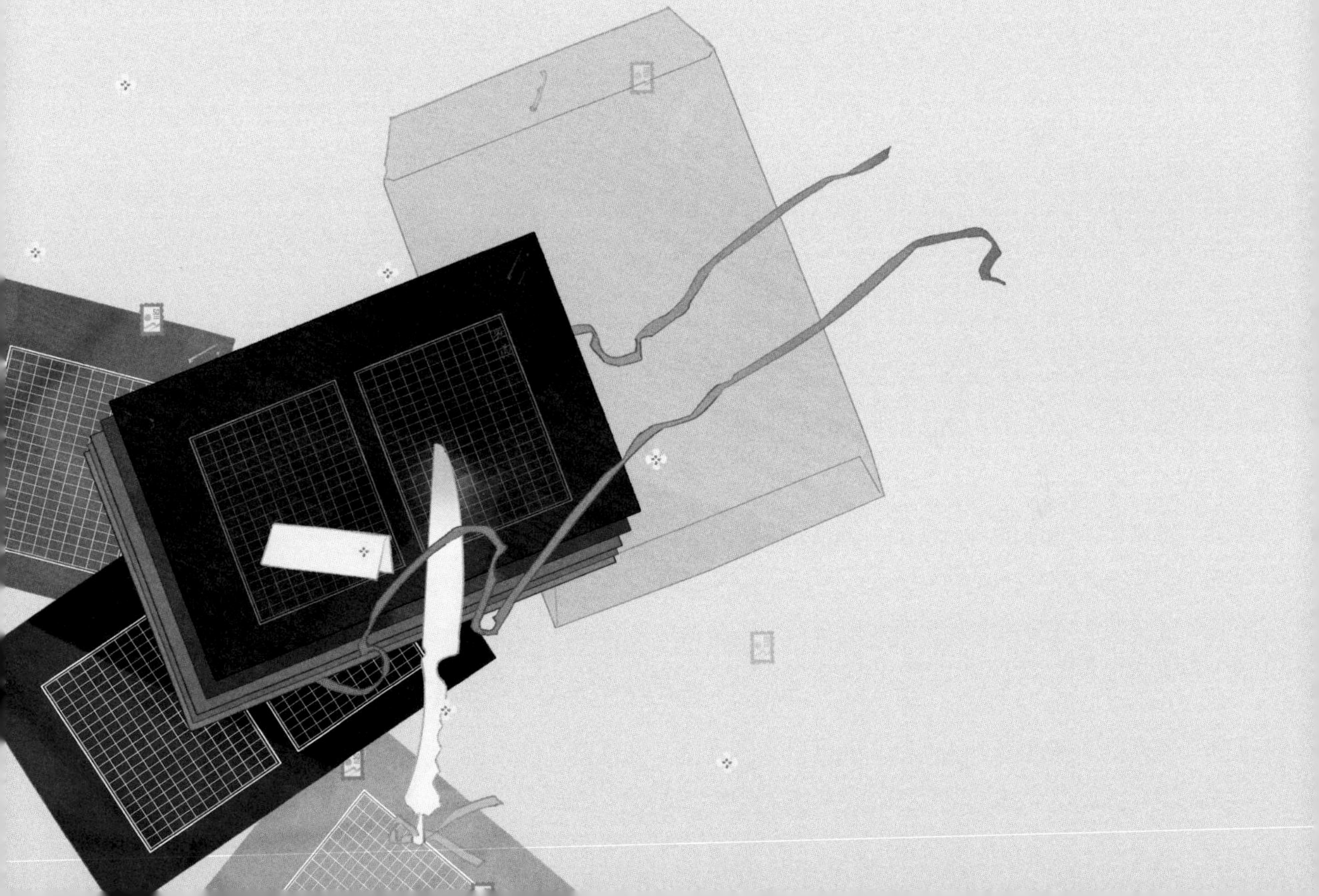

奥様、

奥様のほうでは、少しも御存じのない男から、突然、このようなぶしつけなお手紙を差し上げます罪を、幾重にもお許しくださいませ。

こんなことを申しあげますと、奥様は、さぞかしびっくりなさることでございましょうが、私は今、あなたの前に、私の犯してきました世にも不思議な罪悪を告白しようとしているのでございます。

私は数カ月のあいだ、全く人間界から姿を隠して、ほんとうに悪魔のような生活を続けてまいりました。もちろん、広い世界に誰《だれ》一人、私の所業を知るものはありません。もし、何事もなければ、私はそのまま永久に、人間界に立ち帰ることはなかったかもしれないのでございます。

ところが、近頃《ちかごろ》になりまして、私の心に或《あ》る不思議な変化が起こりました。そして、どうしても、この、私の因果な身の上を、懺悔《ざんげ》しないではいられなくなりました。ただ、かように申しましたばかりでは、いろいろ御不審におぼしめす点もございましょうが、どうか、ともかくも、この手紙を終りまでお読みくださいませ。

そうすれば、なぜ、私がそんな気持になったのか、またなぜ、この告白を、殊《こと》さら奥様に聞いていただかねばならぬのか、それらのことが、ことごとく明白になるでございましょう。

さて、何から書きはじめたらいいのか、あまりに人間離れのした、奇怪《きっかい》千万な事実なので、こうした、人間世界で使われる手紙というような方法では、妙に面《おも》はゆくて、筆の鈍るのを覚えます。でも、迷っていても仕方がございません。ともかくも、ことの起こりから、順を追って、書いて行くことにいたしましょう。

私は生れつき、世にも醜い容貌《ようぼう》の持主でございます。これをどうか、はっきりと、お覚えなすっておいてくださいませ。そうでないと、もしあなたが、このぶしつけな願いを容《い》れて、私にお会いくださいました場合、たださえ醜い私の顔が、長い月日の不健康な生活のために、二た目と見られぬひどい姿になっているのを、なんの予備知識もなしに、あなたに見られるのは、私としては、たえがたいことでございます。

私という男は、なんと因果な生れつきなのでありましょう。そんな醜い容貌を持ちながら、胸の中では、人知れず、世にも烈《はげ》しい情熱を燃やしていたのでございます。私は、お化けのような顔をした、その上ごく貧乏な、一職人にすぎない私の現実を忘れて、身のほど知らぬ、甘美な、贅沢《ぜいたく》な、種々さまざまの「夢」にあこがれていたのでございます。

私がもし、もっと豊かな家に生れていましたなら、金銭の力によって、いろいろの遊戯にふけり、醜貌のやるせなさを、まぎらすことができたでもありましょう。それともまた、私に、もっと芸術的な天分が与えられていましたなら、たとえば美しい詩歌《しいか》によって、この世の味気なさを忘れることができたでもありましょう。しかし、不幸な私は、いずれの恵みにも浴することができず、哀れな、一家具職人の子として、親譲りの仕事によって、その日その日の暮らしを立てて行くほかはないのでございました。

私の専門は、さまざまの椅子《いす》を作ることでありました。私の作った椅子は、どんなむずかしい注文主にも、きっと気に入るというので、商会でも、私には特別に目をかけて、仕事も、上物ばかりを、廻《まわ》してくれておりました。そんな上物になりますと、凭《もた》れや肘《ひじ》掛《か》けの彫《ほ》りものに、いろいろむずかしい注文があったり、クッションのぐあい、各部の寸法などに、微妙な好みがあったりして、それを造る者には、ちょっと素人《しろうと》の想像できないような苦心がいるのでございますが、でも、苦心をすればしただけ、できあがったときの嬉《うれ》しさというものはありません。生意気を申すようですけれど、その心持は、芸術家が立派な作品を完成した時の喜びにも、比ぶべきものではないかと存じます。

ひとつの椅子ができあがると、私は先ず、自分でそれに腰かけて、坐りぐあいをためしてみます。そして、味気ない職人生活のうちにも、そのときばかりは、なんともいえぬ得意を感じるのでございます。そこへは、どのような高貴の方が、或《あ》るいはどのような美しい方がおかけなさることか。こんな立派な椅子を注文なさるほどのお屋敷だから、そこには、きっとこの椅子にふさわしい、贅沢な部屋があるだろう。

壁には定めし、有名な画家の油絵がかかり、天井からは、偉大な宝石のようなシャンデリヤが下がっているにちがいない。床には、高価なジュウタンが敷きつめてあるだろう。そして、この椅子の前のテーブルには、眼《め》の醒《さ》めるような西洋草花が、甘美な薫《かお》りを放って、咲き乱れていることであろう。そんな妄想《もうそう》に耽っていますと、なんだかこう、自分が、その立派な部屋のあるじにでもなったような気がして、ほんの一瞬間ではありますけれど、なんとも形容のできない、愉《たの》しい気持になるのでございます。

私のはかない妄想は、なお、とめどもなく増長してまいります。この私が、貧乏な、醜い、一職人にすぎないこの私が、妄想の世界では、気高い貴公子になって、私の作った立派な椅子に腰かけているのでございます。そして、そのかたわらには、いつも私の夢に出てくる、美しい私の恋人が、におやかにほほえみながら、私の話に聞き入っております。それればかりではありません。私は妄想の中で、その人と手をとり合って、甘い恋の睦言《むつごと》を、ささやき交わしさえするのでございます。

　ところが、いつの場合にも、私のこのフーワリとした紫の夢は、たちまちにして、近所のおかみさんのかしましい話し声や、ヒステリーのように泣き叫ぶ、そのあたりの病児の声に妨げられて、私の前には、またしても、醜い現実が、あの灰色のむくろをさらけ出すのでございます。現実に立ち帰った私は、そこに、夢の貴公子とは似てもつかない、哀れにも醜い自分自身の姿を見出《みいだ》します。そして、いまの先、私にほほえみかけてくれた、あの美しい人は……そんなものが、全体どこにいるのでしょう。その辺に、埃《ほこり》まみれになって遊んでいる、汚ならしい子守女でさえ、私なぞには、見向いてもくれはしないのでございます。ただひとつ、私の作った椅子だけが、今の夢の名残《なごり》のように、そこにポツネンと残っております。でも、その椅子は、やがて、いずことも知れぬ、私たちのとは全く別の世界へ、運び去られてしまうのではありませんか。

　私は、そうして、ひとつひとつ椅子を仕上げるたびごとに、言い知れぬ味気なさに襲われるのでございます。その、なんとも形容のできない、いやあな、いやあな心持は、月日がたつに従って、だんだん、私には堪えきれないものになってまいりました。

「こんな、うじ虫のような生活をつづけて行くくらいなら、いっそのこと、死んでしまった方がましだ」

私は、まじめに、そんなことを思います。仕事場で、コツコツと鑿《のみ》を使いながら、釘《くぎ》を打ちながら、或いは、刺戟《しげき》の強い塗料をこね廻しながら、その同じことを、執拗《しつよう》に考えつづけるのでございます。

「だが、待てよ、死んでしまうくらいなら、それほどの決心ができるなら、もっとほかに、方法がないものであろうか。たとえば……」

そうして、私の考えは、だんだん恐ろしいほうへ、向いて行くのでありました。

ちょうどそのころ、私は、かつて手がけたことのない、大きな革張りの肘掛椅子の製作を頼まれておりました。この椅子は、同じY市で外人の経営している或るホテルへ納める品で、一体なら、その本国から取り寄せるはずのを、私の雇われていた商館が運動して、日本にも舶来品に劣らぬ椅子職人がいるからというので、やっと注文をとったものでした。それだけに、私としても、寝食を忘れてその製作に従事しました。ほんとうに魂をこめて、夢中になってやったものでございます。

さて、できあがった椅子を見ますと、私はかつて覚えない満足を感じました。それは、われながら、見とれるほどの見事なできばえだったのです。私は例によって、四脚ひと組になっているその椅子のひとつを、日当りのよい板の間へ持ち出して、ゆったりと腰をおろしました。なんという坐り心地のよさでしょう。フックラと、硬すぎず軟かすぎぬクッションのねばりぐあい、わざと染色を嫌《きら》って、灰色の生地《きじ》のまま張りつけた、なめし革の肌《はだ》ざわり、適度の傾斜を保って、そっと背中を支えてくれる豊満な凭れ、デリケートな曲線を描いて、オンモリとふくれ上った両側の肘掛け、それらのすべてが、不思議な調和を保って、渾然《こんぜん》として「安楽」という言葉を、そのまま形に現しているように見えます。

私は、そこへ深々と身を沈め、両手で、丸々とした肘掛けを愛《あい》撫《ぶ》しながら、うっとりとしていました。すると、私のくせとして、止めどもない妄想が、五色の虹《にじ》のように、まばゆいばかりの色彩をもって、次から次へと湧《わ》き上がってくるのです。あれを幻というのでしょうか。心に思うままが、あんまりはっきりと、目の前に浮かんできますので、私はもしや気でも違うのではないかと、空恐ろしくなったほどでございます。

そうしていますうちに、私の頭に、ふとすばらしい考えが浮かんでまいりました。悪魔の囁《ささや》きというのは、多分ああしたことを指すのではありますまいか。それは、夢のように荒唐無稽《こうとうむけい》で、非常に不気味な事柄《ことがら》でした。でも、その不気味さが、言いしれぬ魅力となって、私をそそのかすのでございます。

最初は、ただただ、私の丹精こめた美しい椅子を、手放したくない、できることなら、その椅子と一緒に、どこまでもついて行きたい、そんな単純な願いでした。それが、うつらうつらと妄想の翼をひろげておりますうちに、いつの間にやら、その日頃、私の頭に醗酵《はっこう》しておりました、ある恐ろしい考えと結びついてしまったのでございます。そして、私はまあ何という気ちがいでございましょう。その奇怪きわまる妄想を、実際にやってみようと思い立ったのでありました。私は大急ぎで、四つの内でいちばんよくできたと思う肘掛椅子を、バラバラに毀《こわ》してしまいました。そして、改めて、それを、私の妙な計画を実行するのに、都合のよいように造り直しました。

それは、ごく大型のアームチェアーですから、掛ける部分は、床にすれすれまで革で張りつめてありますし、そのほか、凭れも肘掛けも、非常に部厚にできていて、その内部には、人間一人が隠れていても、決してそとからわからないほどの、共通した大きな空洞《くうどう》があるのです。むろん、そこには、頑丈《がんじょう》な木の枠《わく》と、沢山なスプリングが取りつけてありますけれど、私はそれらに適当な細工をほどこして、人間が掛ける部分に膝《ひざ》を入れ、凭れの中へ首と胴とを入れ、ちょうど椅子の形に坐れば、その中にしのんでいられるほどの余裕を作ったのでございます。

そうした細工はお手のものですから、充分手際《てぎわ》よく、便利に仕上げました。たとえば、呼吸をしたり、外部の物音を聞くために、革の一部に、そとからは少しもわからぬような隙間《すきま》をこしらえたり、凭れの内部の、ちょうど頭のわきの所へ、小さな棚《たな》をつけて、何かを貯蔵できるようにしたり（ここへ水筒と軍隊用の堅パンとを詰めこみました）ある用途のために大きなゴムの袋を備えつけたり、そのほかさまざまの考案をめぐらして、食料さえあれば、その中に二日三日はいりつづけていても、決して不便を感じないようにしつらえました。いわば、その椅子が、人間一人の部屋になったわけでございます。

私はシャツ一枚になると、底に仕掛けた出入口の蓋《ふた》を開けて、椅子《いす》の中へ、すっぽりと、もぐりこみました。それは実に変てこな気持でございました。まっ暗な、息苦しい、まるで墓場の中へはいったような、不思議な感じがいたします。考えてみれば、墓場にちがいありません。私は、椅子の中へはいると同時に、ちょうど隠《かく》れ簑《みの》でも着たように、この人間世界から、消滅してしまうわけなのですから。

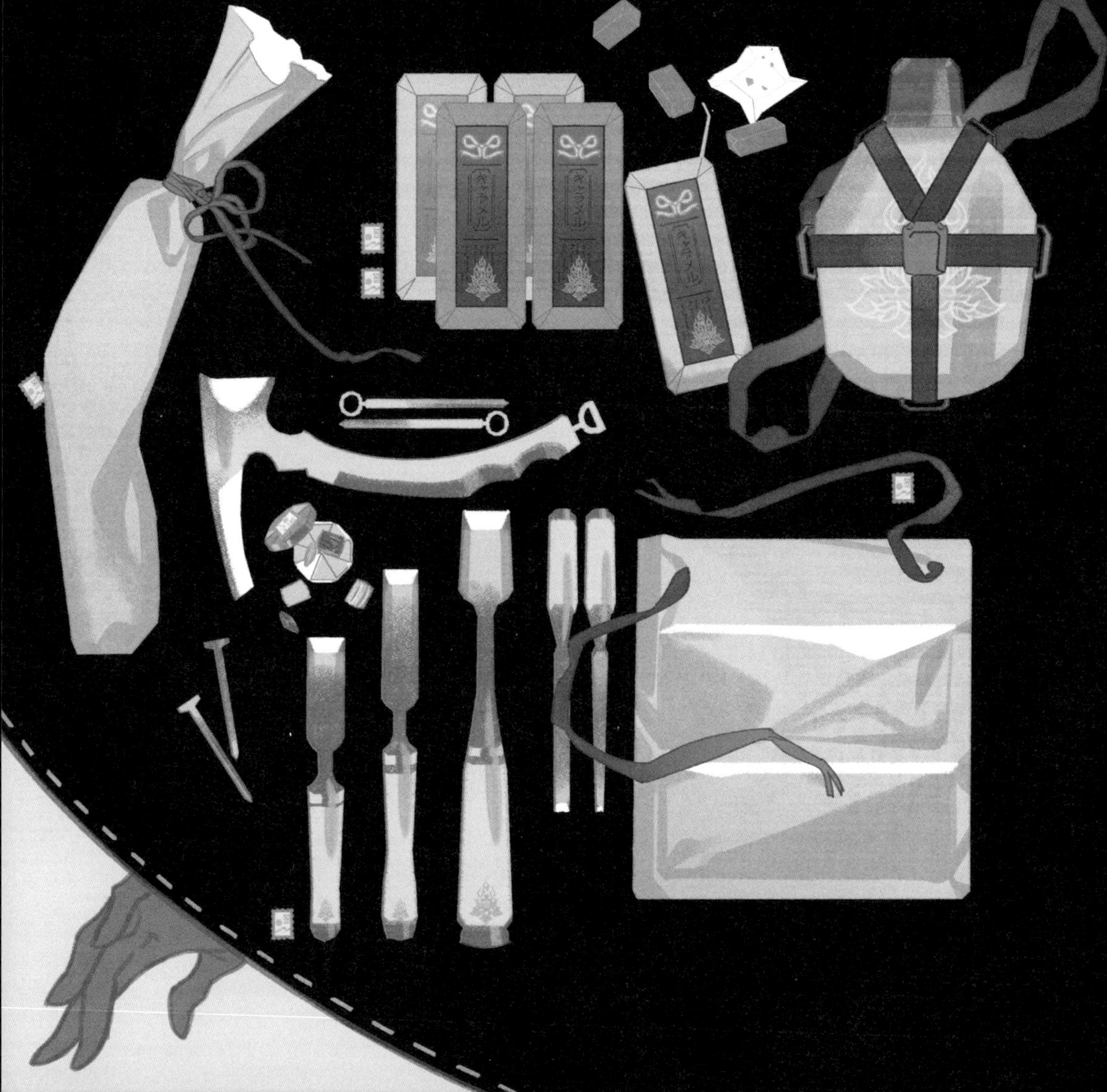
キャラメル

間もなく、商会から使いのものが、四脚の肘掛《ひじかけ》椅子を受け取るために、大きな荷車を持ってやってまいりました。私の内弟子が（私はその男と、たった二人暮しだったのです）何も知らないで、使いのものと応待しております。車に積み込む時、一人の人夫が「こいつはばかに重いぞ」とどなりましたので、椅子の中の私は、思わずハッとしましたが、いったい肘掛椅子そのものが非常に重いのですから、別段あやしまれることもなく、やがて、ガタガタという荷車の振動が、私のからだに一種異様の感触を伝えてまいりました。

非常に心配しましたけれど、結局何事もなく、その日の午後には、もう私のはいった肘掛椅子は、ホテルの一室に、どっかりと据《す》えられておりました。あとでわかったのですが、それは、私室ではなくて、人を待ち合せたり、新聞を読んだり、煙草《タバコ》をふかしたり、いろいろの人が頻繁《ひんぱん》に出入りする、ラウンジとでもいうような部屋でございました。

もうとっくにお気づきでございましょうが、私の、この奇妙な行いの第一の目的は、人のいない時を見すまして、椅子の中から抜け出し、ホテルの中をうろつき廻って、盗みを働くことでありました。椅子の中に人間が隠れていようなどと、そんなばかばかしいことを、誰が想像いたしましょう。私は、影のように、自由自在に、部屋から部屋を荒し廻ることができます。そして、人々が騒ぎはじめる時分には、椅子の中の隠れ家へ逃げ帰って、息をひそめて、彼らの間抜けな捜索を、見物していればよいのです。あなたは、海岸の波打ち際などに、「やどかり」という一種の蟹《かに》のいるのを御存じでございましょう。大きな蜘蛛《くも》のような恰好《かっこう》をしていて、人がいないと、その辺を、わが物顔に、のさばり歩いていますが、ちょっとでも人の足音がしますと、恐ろしい速さで、貝殻《かいがら》の中へ逃げ込みます。そして、気味のわるい毛むくじゃらの前足を、少しばかり覗《のぞ》かせて、敵の動静を窺《うかが》っております。私はちょうどあの「やどかり」でございました。貝殻のかわりに椅子という隠れ家を持ち、海岸ではなく、ホテルの中を、わが物顔にのさばり歩くのでございます。

さて、この私の突飛《とつぴ》な計画は、それが突飛であっただけ、人々の意表外に出て、見事に成功いたしました。ホテルに着いて三日目には、もう、たんまりとひと仕事すませていたほどでございます。いざ盗みをするというときの恐ろしくも楽しい心持、うまく成功したときの、なんとも形容しがたい嬉しさ、それから、人々が私のすぐ鼻の先で、あっちへ逃げた、こっちへ逃げたと、大騒ぎをやっているのを、じっと見ているおかしさ。それがまあ、どのような不思議な魅力をもって、私を楽しませたことでございましょう。

でも、私は今、残念ながら、それを詳しくお話ししている暇はありません。私はそこで、そんな盗みなどよりは、十倍も二十倍も、私を喜ばせたところの、奇怪きわまる快楽を発見したのでございます。そして、それについて、告白することが、実は、この手紙のほんとうの目的なのでございます。

お話を、前に戻《もど》して、私の椅子が、ホテルのラウンジに置かれた時のことから、はじめなければなりません。

椅子が着くと、ひとしきり、ホテルの主人たちが、その坐《すわ》りぐあいを見廻って行きましたが、あとは、ひっそりとして、物音ひとついたしません。部屋には誰もいないのでしょう。到着匆々《そうそう》、椅子から出ることなど、とても恐ろしくてできるものではありません。私は、非常に長いあいだ（ただそんなに感じたのかもしれませんが）少しの物音も聞き洩《も》らすまいと、全神経を耳に集めて、じっとあたりの様子をうかがっておりました。

そうして、しばらくしますと、多分廊下のほうからでしょう、コツコツと重くるしい足音が響いてきました。それが、二三間むこうまで近づくと、部屋に敷かれたジュウタンのために、ほとんど聞きとれぬほどの低い音に変りましたが、間もなく、荒々しい男の鼻息が聞こえ、ハッと思う間に、西洋人らしい大きなからだが、私の膝の上にドサリと落ちて、フカフカと二三度はずみました。私の太腿《ふともも》と、その男のガッシリした偉大な臀部《でんぶ》とは、薄いなめし革一枚を隔てて、暖かみを感じるほども密接しています。幅の広い彼の肩は、ちょうど私の胸の所へ凭《もた》れかかり、重い両手は、革を隔てて私の手と重なり合っています。そして、男がシガーをくゆらしているのでしょう。男性的な豊かな薫りが、革の隙間を通して漂ってまいります。

　奥様、仮りにあなたが、私の位置にあるものとして、その場の様子を想像してごらんなさいませ。それは、まあなんという、不思議千万な感覚でございましょう。私はもう、あまりの恐ろしさに、椅子の中の暗やみで、堅く堅く身を縮めて、わきの下からは、冷たい汗をタラタラ流しながら、思考力もなにも失ってしまって、ただもう、ボンヤリしていたことでございます。

その男を手はじめに、その日一日、私の膝の上には、いろいろな人が入りかわり立ちかわり、腰をおろしました。そして、誰《だれ》も、私がそこにいることを――彼らが柔かいクッションだと信じきっているものが、実は私という人間の、血の通った太腿であるということを――少しも悟らなかったのでございます。

まっ暗で、身動きもできない革張りの中の天地。それがまあどれほど、怪しくも魅力ある世界でございましょう。そこでは、人間というものが、日頃目で見ている、あの人間とは、全然別な生きものに感ぜられます。彼らは声と、鼻息と、足音と、衣《きぬ》ずれの音と、そして、幾つかの丸々とした弾力に富む肉塊《にくかい》にすぎないのでございます。私は、彼らのひとりひとりを、その容貌《ようぼう》のかわりに、肌《はだ》ざわりによって識別することができます。或るものは、デブデブと肥《こ》え太って、腐った肴《さかな》のような感触を与えます。それとは正反対に、或るものは、コチコチに痩《や》せひからびて、骸骨《がいこつ》のような感じがいたします。そのほか、背骨の曲り方、肩胛骨《けんこうこつ》のひらきぐあい、腕の長さ、太腿の太さ、あるいは尾骶骨《びていこつ》の長短など、それらのすべての点を綜合《そうごう》して見ますと、どんなに似寄った背恰好の人でも、どこか違ったところがあります。人間というものは、容貌や指紋のほかに、こうしたからだ全体の感触によっても、完全に識別することができるにちがいありません。

異性についても、同じことが申されます。普通の場合は、主として容貌の美醜によって、それを批判するのでありましょうが、この椅子の中の世界では、そんなものは、まるで問題外なのでございます。そこには、まるはだかの肉体と、声の調子と、匂《にお》いとがあるばかりでございます。

奥様、あまりにあからさまな私の記述に、どうか気をわるくしないでくださいまし。私はそこで、一人の女性の肉体に（それは私の椅子に腰かけた最初の女性でありました）烈《はげ》しい愛着を覚えたのでございます。

声によって想像すれば、それは、まだうら若い異国の乙女でございました。ちょうどその時、部屋の中には誰もいなかったのですが、彼女は、何か嬉しいことでもあった様子で、小声で、不思議な歌を歌いながら、踊るような足どりで、そこへはいってまいりました。そして、私のひそんでいる肘掛椅子の前まできたかと思うと、いきなり、豊満な、それでいて、非常にしなやかな肉体を、私の上へ投げかけました。しかも、彼女は何がおかしいのか、突然アハアハ笑い出し、手足をバタバタさせて、網の中の魚のように、ピチピチとはね廻るのでございます。

それから、ほとんど半時間ばかりも、彼女は私の膝の上で、ときどき歌を歌いながら、その歌に調子を合わせでもするように、クネクネと、重いからだを動かしておりました。

これは実に、私に取っては、まるで予期しなかった驚天動地《きょうてんどうち》の大事件でございました。女は神聖なもの、いや、むしろ怖いものとして、顔を見ることさえ遠慮していた私でございます。その私が今、身も知らぬ異国の乙女と、同じ部屋に、同じ椅子に、それどころではありません、薄いなめし革ひとえ隔てて、肌のぬくみを感じるほども密着しているのでございます。それにもかかわらず、彼女は何の不安もなく、全身の重みを私の上に委《ゆだ》ねて、見る人のない気安さに、勝手気儘《きまま》な姿態をいたしております。私は椅子の中で、彼女を抱きしめる真似《まね》をすることもできます。革のうしろから、その豊かな首筋に接吻《せっぷん》することもできます。そのほか、どんなことをしようと、自由自在なのでございます。

この驚くべき発見をしてからというものは、私は、最初の目的であった盗みなどは第二として、ただもう、その不思議な感触の世界に惑溺《わくでき》してしまったのでございます。私は考えました。これこそ、この椅子の中の世界こそ、私に与えられた、ほんとうのすみかではないかと。私のような醜い、そして気の弱い男は、明かるい光明の世界では、いつもひけ目を感じながら、恥かしい、みじめな生活を続けて行くほかに、能のない身でございます。それが、ひとたび、住む世界をかえて、こうして椅子の中で、窮屈な辛抱《しんぼう》をしていさえすれば、明かるい世界では、口を利《き》くことはもちろん、そばへよることさえ許されなかった、美しい人に接近して、その声を聞き、肌に触れることもできるのでございます。

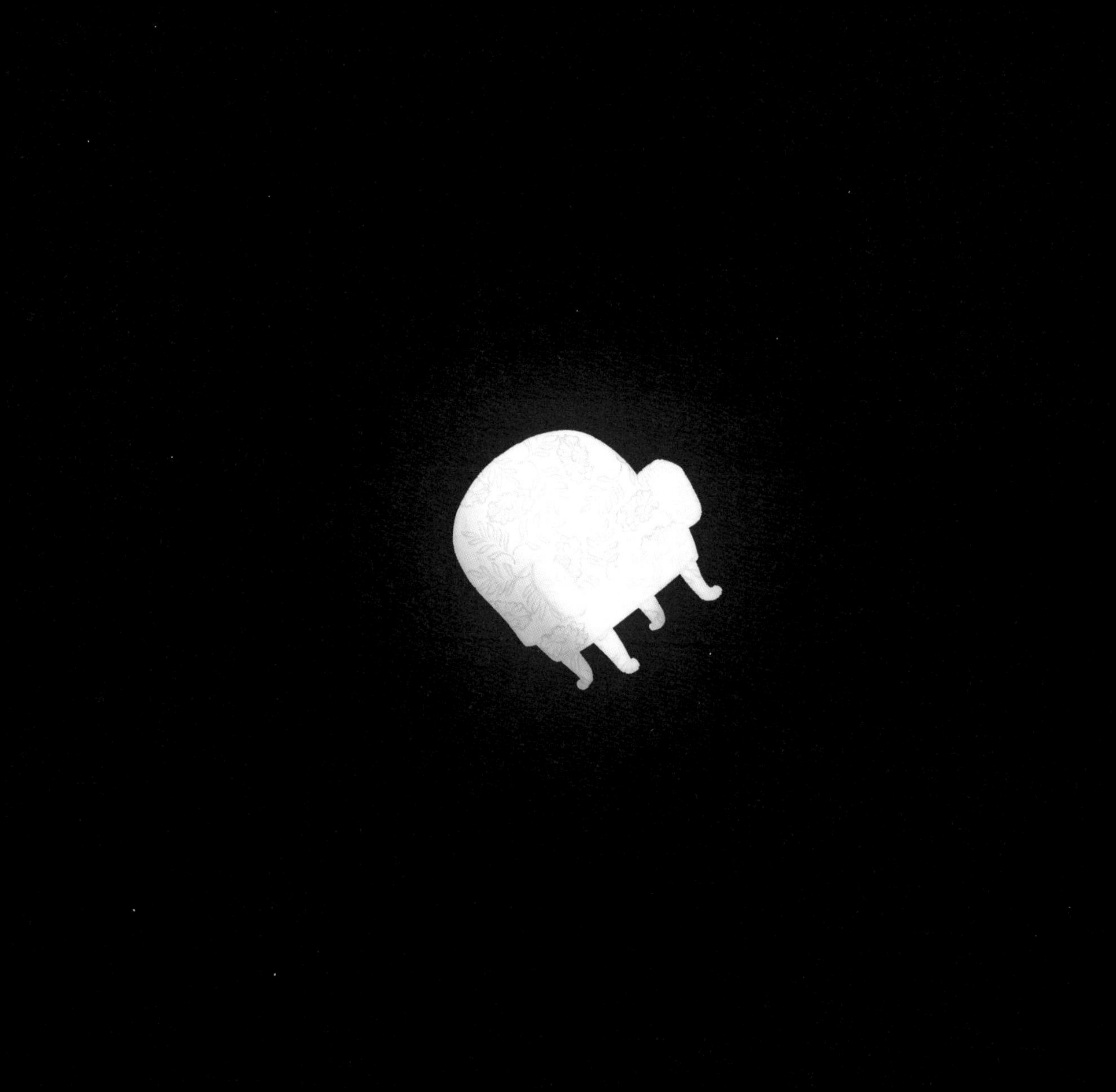

椅子の中の恋！　それがまあ、どんなに不可思議な、陶酔的《とうすいてき》な魅力を持つか、実際に椅子の中へはいってみた人でなくては、わかるものではありません。それは、ただ、触覚と、聴覚と、そして僅《わず》かの嗅覚《きゅうかく》のみの恋でございます。暗やみの世界の恋でございます。決してこの世のものではありません。これこそ、悪魔の国の愛欲なのではございますまいか。考えてみれば、この世界の、人目につかぬすみずみでは、どのような異形《いぎょう》な、恐ろしい事柄が行なわれているか、ほんとうに想像のほかでございます。

むろんはじめの予定では、盗みの目的を果たしさえすれば、すぐにもホテルを逃げ出すつもりでいたのですが、この、世にも奇《き》怪《かい》な喜びに夢中になった私は、逃げ出すどころか、いつまでも、椅子の中を永住のすみかにして、その生活を続けていたのでございます。

夜々《よるよる》の外出には、注意に注意を加えて、少しも物音を立てず、また人目に触れないようにしていましたので、当然、危険はありませんでしたが、それにしても、数カ月という長い月日を、そうして少しも見つからず、椅子の中に暮らしていたというのは、我ながら実に驚くべきことでございました。

ほとんど一日じゅう、ひどく窮屈な場所で、腕を曲げ、膝を折っているために、からだじゅうが痺《しび》れたようになって、完全に直立することができず、しまいには、料理場や化粧室への往復を、躄《いざり》のように這《は》って行ったほどでございます。私という男は、何という気ちがいでありましょう。それほどの苦しみを忍んでも、不思議な感触の世界を見捨てる気にはなれなかったのでございます。

中には、一カ月も二カ月も、そこを住居のようにして、泊まりつづけている人もありましたけれど、元来ホテルのことですから、絶えず客の出入りがあります。従って私の奇妙な恋も、時とともに相手が変って行くのを、どうすることもできませんでした。そして、その数々の不思議な恋人の記憶は、普通の場合のように、その容貌《ようぼう》によってではなく、主としてからだの恰好によって、私の心に刻みつけられているのでございます。

或《あ》るものは、仔馬《こうま》のように精悍《せいかん》で、すらりと引き締まった肉体を持ち、或るものは、蛇《へび》のように妖艶《ようえん》で、クネクネと自在に動く肉体を持ち、或るものは、ゴム鞠《まり》のように肥え太って、脂肪と弾力に富む肉体を持ち、また或るものは、ギリシャの彫刻のように、ガッシリと力強く、円満に発達した肉体を持っておりました。そのほか、どの女の肉体にも、ひとりひとり、それぞれの特徴があり、魅力があったのでございます。

そうして、女から女へと移って行くあいだに、私はまた、それとは別な、不思議な経験をも味わいました。

そのひとつは、ある時、欧州の或る強国の大使が（日本人のボーイの噂話《うわさばなし》によって知ったのですが）その偉大な体軀《たいく》を、私の膝の上にのせたことでございます。それは、政治家としてよりも、世界的な詩人として、いっそうよく知られていた人ですが、それだけに、私は、その偉人の肌《はだ》を知ったことが、わくわくするほども誇らしく思われたのでございます。彼は私の上で、二三人の同国人を相手に、十分ばかり話をすると、そのまま立ち去ってしまいました。むろん、何を言っていたのか、私にはさっぱりわかりませんけれど、ジェスチュアをするたびに、ムクムクと動く、常人よりも暖かいと思われる肉体の、くすぐるような感触が、私に一種名状すべからざる刺戟《しげき》を与えたのでございます。

その時、私はふとこんなことを想像しました。もし！　この革のうしろから、鋭いナイフで、彼の心臓を目がけて、グサリとひと突きしたなら、どんな結果を惹《ひ》き起こすであろう。むろん、それは彼に再び起《た》つことのできぬ致命傷を与えるにちがいない。彼の本国はもとより、日本の政治界は、そのために、どんな大騒ぎを演じることであろう。新聞は、どんな激情的な記事を掲げることであろう。

　それは、日本と彼の本国との外交関係にも大きな影響を与えようし、また芸術の立場から見ても、彼の死は世界の一大損失にちがいない。そんな大事件が、自分の一挙手によって、やすやすと実現できるのだ。それを思うと、私は不思議な得意を感じないではいられませんでした。

　もうひとつは、有名な或る国のダンサーが来朝した時、偶然彼女がそのホテルに宿泊して、たった一度ではありましたが、私の椅子に腰かけたことでございます。その時も、私は、大使の場合と似た感銘を受けましたが、その上、彼女は私に、かつて経験したことのない理想的な肉体美の感触を与えてくれました。私はそのあまりの美しさに、卑《いや》しい考えなどは起す暇もなく、ただもう、芸術品に対するときのような敬虔《けいけん》な気持で、彼女を讃美《さんび》したことでございます。

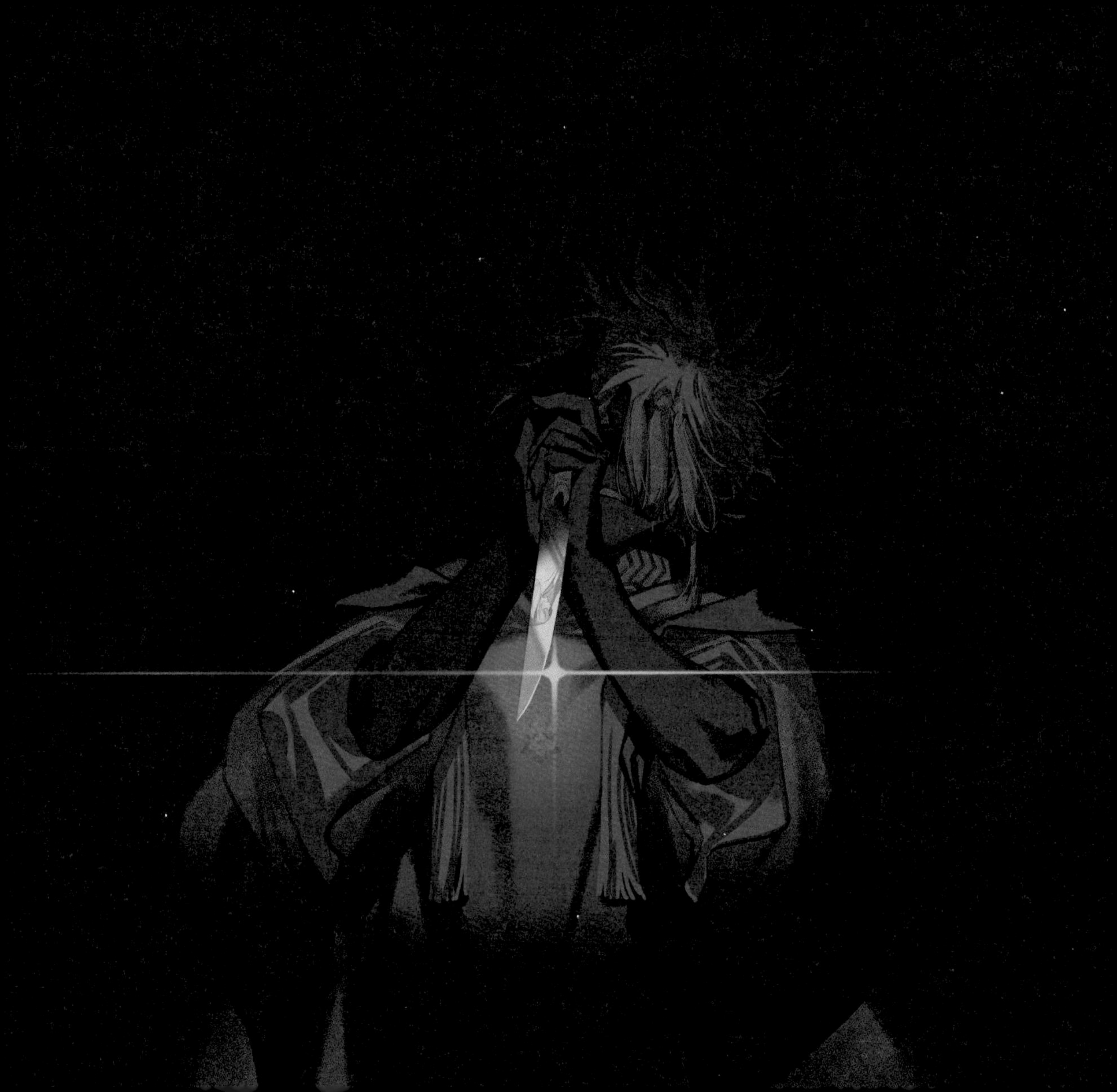

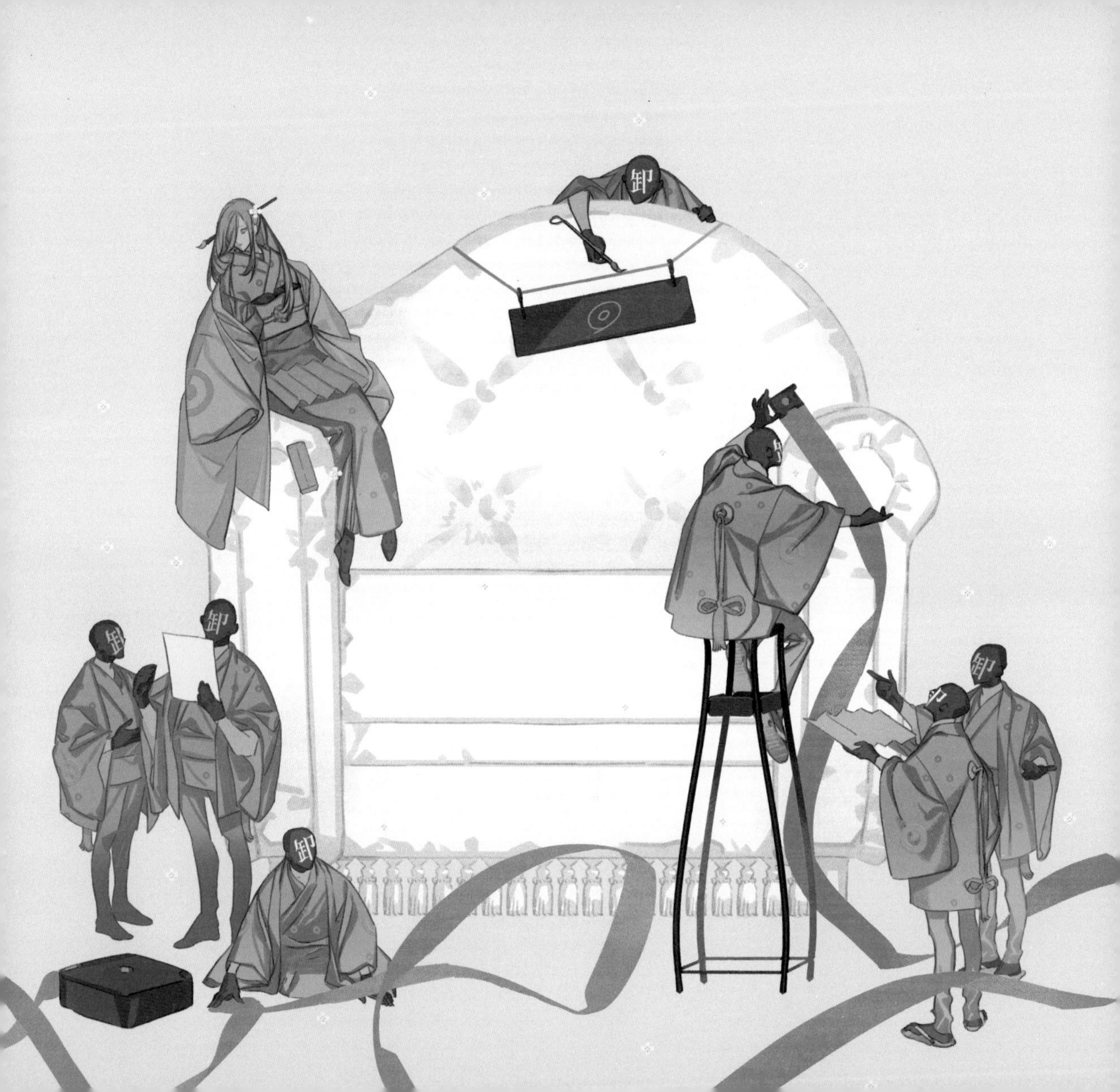
卸

そのほか、私はまだいろいろと、珍らしい、不思議な、或いは気味わるい、数々の経験をいたしましたが、それらをここに細叙《さいじょ》することは、この手紙の目的でありませんし、それに大分《だいぶ》長くもなりましたから、急いで、肝腎《かんじん》の点にお話を進めることにいたしましょう。

さて、私がホテルへまいりましてから、何カ月かの後、私の身の上にひとつの変化が起こったのでございます。と言いますのは、ホテルの経営者が、何かの都合で帰国することになり、あとを居抜きのまま、ある日本人の会社に譲り渡したのであります。すると、日本人の会社は、従来の贅沢《ぜいたく》な営業方針を改め、もっと一般向きの旅館として、有利な経営を目論《もくろ》むことになりました。そのため不用になった調度などは、或る大きな家具商に委託して、競売させたのでありますが、その競売目録のうちに、私の椅子も加わっていたのでございます。

私はそれを知ると、一時はガッカリいたしました。そして、それを機として、もう一度娑婆《しゃば》へ立ち帰り、新しい生活をはじめようかと思ったほどでございます。その時分には、盗みためた金が相当の額になっていましたから、たとえ世の中へ出ても、以前のように、みじめな暮らしをすることはないのでした。が、また思い返してみますと、外人のホテルを出たということは、一方においては、大きな失望でありましたけれど、他方においては、ひとつの新しい希望を意味するものでございました。と言いますのは、私は数カ月のあいだも、それほどいろいろの異性を愛したにもかかわらず、相手がすべて異国人であったために、それがどんな立派な、好もしい肉体の持ち主であっても、精神的な妙な物足りなさを感じないわけには行きませんでした。やっぱり、日本人は同じ日本人に対してでなければ、ほんとうの恋を感じることができないのではあるまいか。私はだんだん、そんなふうに考えていたのでございます。そこへ、ちょうど私の椅子《いす》が競売に出たのであります。今度は、ひょっとすると、日本人に買いとられるかもしれない。そして、日本の家庭に置かれるかもしれない。それが、私の新しい希望でございました。私は、ともかくも、もう少し椅子の中の生活を続けてみることにいたしました。

道具屋の店先で、二三日のあいだ、非常に苦しい思いをしましたが、でも、競売がはじまると、仕合《しあ》わせなことには、私の椅子は早速買手がつきました。古くなっても、充分に人目を引くほど、立派な椅子だったからでございましょう。

買手はY市から程遠からぬ、大都会に住んでいた或る官吏《かんり》でありました。道具屋の店先から、その人の邸《やしき》まで、何里かの道を、非常に震動のはげしいトラックで運ばれた時には、私は椅子の中で死ぬほどの苦しみを嘗《な》めましたが、でも、そんなことは、買手が、私の望み通り日本人であったという喜びに比べては、物の数でもございません。

買手のお役人は、可なり立派な屋敷の持ち主で、私の椅子は、そこの洋館の広い書斎に置かれましたが、私にとって非常に満足であったことには、その書斎は、主人よりは、むしろ、その家の、若くて美しい夫人が使用されるものだったのでございます。それ以来、約一カ月間、私は絶えず、夫人とともにおりました。夫人の食事と、就寝の時間を除いては、夫人のしなやかなからだは、いつも私の上にありました。それというのが、夫人は、そのあいだ、書斎につめきって、ある著作に没頭していられたからでございます。

私はどんなに彼女を愛したか、それは、ここにくだくだしく申しあげるまでもありますまい。彼女は、私のはじめて接した日本人で、しかも充分美しい肉体の持ち主でありました。私は、そこにはじめて、ほんとうの恋を感じました。それに比べては、ホテルでの、数多い経験などは、決して恋と名づくべきものではございません。その証拠には、これまで一度も、そんなことを感じなかったのに、その夫人に対してだけ、私は、ただ秘密の愛撫《あいぶ》を楽しむのみではあきたらず、どうかして、私の存在を知らせようと、いろいろ苦心したのでも明らかでございましょう。

私は、できるならば、夫人のほうでも、椅子の中の私を意識してほしかったのでございます。そして、虫のいい話ですが、私を愛してもらいたく思ったのでございます。でも、それをどうして合図いたしましょう。もし、そこに人間が隠れているということを、あからさまに知らせたなら、彼女はきっと、驚きのあまり、主人や家のものに、そのことを告げるにちがいありません。それではすべて駄目《だめ》になってしまうばかりか、私は、恐ろしい罪名を着て、法律上の刑罰をさえ受けなければなりません。

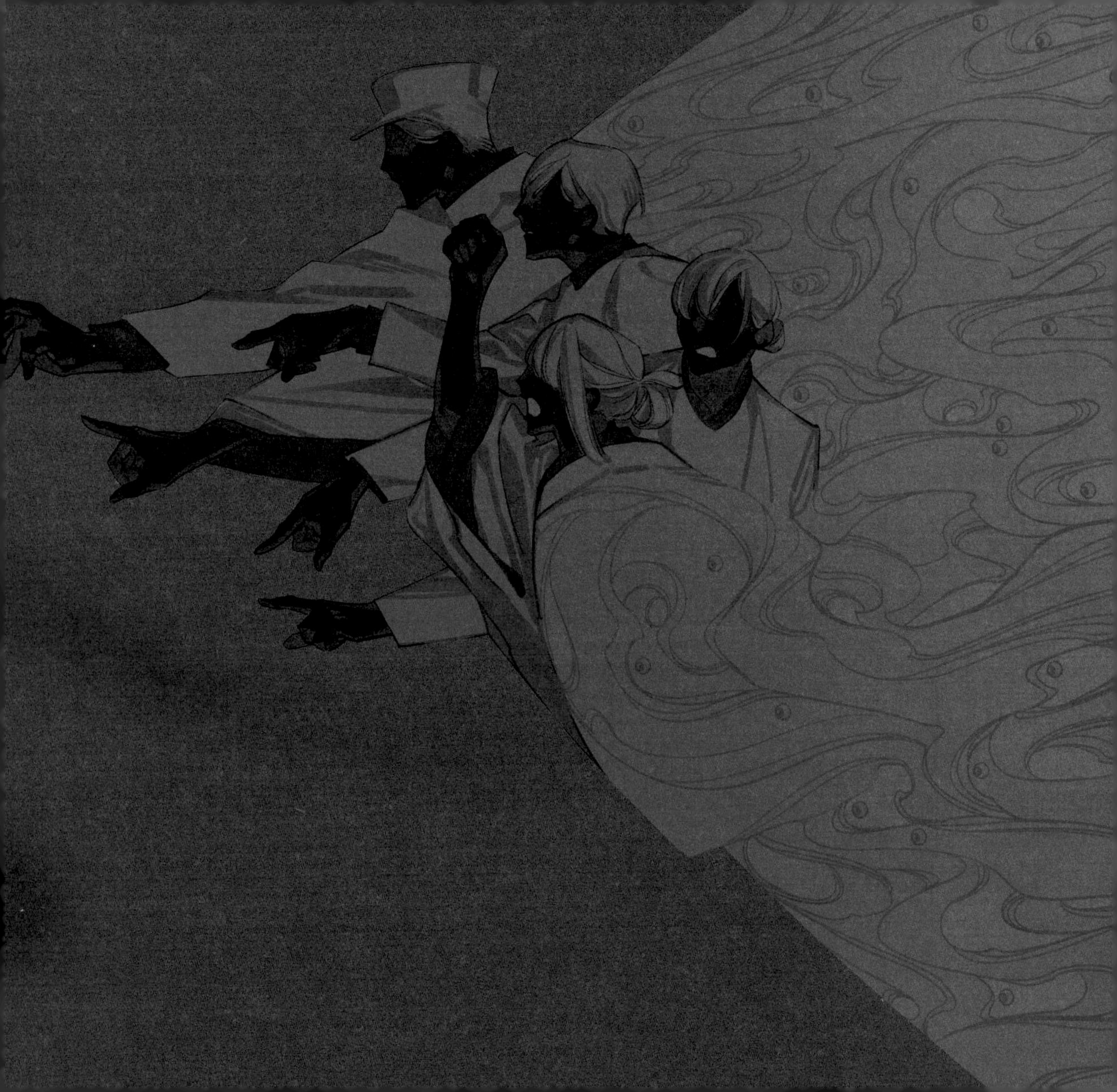

そこで、私は、せめて夫人に、私の椅子を、この上にも居心地よく感じさせ、それに愛着を起させようと努めました。芸術家である彼女は、きっと常人以上の微妙な感覚を備えているにちがいありません。もし彼女が、私の椅子に生命《いのち》を感じてくれたなら、ただの物質としてではなく、ひとつの生きものとして愛着を覚えてくれたなら、それだけでも、私は充分満足なのでございます。

私は、彼女が私の上に身を投げた時には、できるだけフーワリと優しく受けるように心掛けました。彼女が私の上で疲れた時分には、わからぬほどにソロソロと膝《ひざ》を動かして、彼女のからだの位置を変えるようにいたしました。そして、彼女が、ウトウトと居眠りをはじめるような場合には、私は、ごくごく幽《かす》かに膝をゆすって、揺籃《ようらん》の役目を勤めたことでございます。

その心遣《こころや》りが報いられたのか、それとも、単に私の気の迷いか、近頃《ちかごろ》では、夫人は、なんとなく私の椅子を愛しているように思われます。彼女は、ちょうど嬰児《えいじ》が母親の懐《ふところ》に抱かれる時のような、または、乙女が恋人の抱擁に応じるときのような、甘い優しさをもって私の椅子に身を沈めます。そして、私の膝の上で、からだを動かす様子までが、さも懐《なつ》かしげにみえるのでございます。

かようにして、私の情熱は、日々に烈《はげ》しく燃えて行くのでした。そして、ついには、アア、奥様、ついには、私は身のほどもわきまえぬ、大それた願いを抱くようになったのでございます。たったひと目、私の恋人の顔を見て、そして、言葉を交わすことができたなら、そのまま死んでもよいとまで、思いつめたのでございます。

奥様、あなたは、むろん、とっくにお悟りでございましょう。その私の恋人と申しますのは、あまりの失礼をお許しくださいませ、実は、あなたなのでございます。あなたの御主人が、あのY市の道具店で、私の椅子をお買い取りになって以来、私はあなたに及ばぬ恋をささげていた、哀れな男でございます。

奥様、一生のお願いでございます。たった一度、私にお逢《あ》いくださるわけにはまいらぬでございましょうか。そして、ひとことでも、この哀れな醜い男に、慰めのお言葉をおかけくださるわけにはまいらぬでございましょうか。私は決してそれ以上を望むものではありません。そんなことを望むにはあまりに醜く、汚れ果てた私でございます。どうぞ、どうぞ、世にも不幸な男の、切なる願いをお聞き届けくださいませ。

私はゆうべ、この手紙を書くために、お屋敷を抜け出しました。面と向かって、奥様にこんなことをお願いするのは、非常に危険でもあり、かつ私にはとてもできないことでございます。

そして、今、あなたがこの手紙をお読みなさる時分には、私は心配のために青い顔をして、お邸のまわりを、うろつき廻《まわ》っております。

もし、この、世にもぶしつけな願いをお聞き届けくださいますなら、どうか書斎の窓の撫子《なでしこ》の鉢植《はちう》えに、あなたのハンカチをおかけくださいまし。それを合図に、私は、何気なき一人の訪問者として、お邸の玄関を訪れるでございましょう。

そして、この不思議な手紙は、ある熱烈な祈りの言葉をもって結ばれていた。

佳子《よしこ》は、手紙の半ばほどまで読んだとき、すでに恐ろしい予感のために、まっ青になってしまった。

そして無意識に立ち上がると、気味のわるい肘掛椅子《ひじかけいす》の置かれた書斎から逃げ出して、日本建ての居間のほうへきていた。手紙のあとのほうは、いっそ読まないで破り棄《す》ててしまおうかと思ったけれど、どうやら気掛りなままに、居間の小机の上で、ともかくも、読みつづけた。

彼女の予感はやっぱり当っていた。

これはまあ、何という恐ろしい事実であろう。彼女が毎日腰かけていたあの肘掛椅子の中には、見も知らぬ一人の男がはいっていたのであるか。

「おお、気味のわるい」

彼女は、背中から冷水をあびせられたような悪寒《おかん》を覚えた。そして、いつまでたっても、不思議な身震いがやまなかった。

彼女は、あまりのことに、ボンヤリしてしまって、これをどう処置すべきか、まるで見当がつかぬのであった。椅子を調べて見る？ どうしてどうして、そんな気味のわるいことができるものか。そこには、たとえもう人間がいなくても、食べ物その他の、彼に附属した汚ないものが、まだ残されているにちがいないのだ。

「奥様お手紙でございます」

ハッとして、振り向くと、それは、一人の女中が、いま届いたらしい封書を持ってきたのだった。

佳子は、無意識にそれを受け取って、開封しようとしたが、ふと、その上書きを見ると、彼女は、思わずその手紙を取りおとしたほども、ひどい驚きに打たれた。そこには、さっきの無気味な手紙と寸分違《たが》わぬ筆癖をもって、彼女の宛名《あてな》が書かれてあったのだ。

彼女は、長いあいだ、それを開封しようか、しまいかと迷っていた。が、とうとう最後にそれを破って、ビクビクしながら中味を読んで行った。手紙はごく短いものであったけれど、そこには、彼女を、もう一度ハッとさせたような、奇妙な文句が記されてあった。

突然御手紙を差し上げますぶしつけを、幾重にもお許しくださいまし。私は日頃《ひごろ》、先生のお作を愛読しているものでございます。別封お送りいたしましたのは、私の拙《つたな》い創作でございます。御一覧の上、御批評がいただけますれば、この上の幸いはございません。或る理由のために、原稿のほうは、この手紙を書きます前に投函《とうかん》いたしましたから、すでにごらんずみかと拝察いたします。

如何《いかが》でございましたでしょうか。もし拙作がいくらかでも、先生に感銘を与え得たとしますれば、こんな嬉《うれ》しいことはないのでございますが。

原稿には、わざと省いておきましたが、表題は「人間椅子」とつけたい考えでございます。

では、失礼を顧《かえり》みず、お願いまで。

※本書には、現在の観点から見ると差別用語と取られかねない表現が含まれていますが、原文の歴史性を考慮してそのままとしました。

乙女の本棚シリーズ

［左上から］

『女生徒』太宰治＋今井キラ／『猫町』萩原朔太郎＋しきみ／『葉桜と魔笛』太宰治＋紗久楽さわ／『檸檬』梶井基次郎＋げみ
『押絵と旅する男』江戸川乱歩＋しきみ／『瓶詰地獄』夢野久作＋ホノジロトヲジ／『蜜柑』芥川龍之介＋げみ
『夢十夜』夏目漱石＋しきみ／『外科室』泉鏡花＋ホノジロトヲジ／『赤とんぼ』新美南吉＋ねこ助／『月夜とめがね』小川未明＋げみ
『夜長姫と耳男』坂口安吾＋夜汽車／『桜の森の満開の下』坂口安吾＋しきみ／『死後の恋』夢野久作＋ホノジロトヲジ
『山月記』中島敦＋ねこ助／『秘密』谷崎潤一郎＋マツオヒロミ／『魔術師』谷崎潤一郎＋しきみ／『人間椅子』江戸川乱歩＋ホノジロトヲジ
『春は馬車に乗って』横光利一＋いとうあつき／『魚服記』太宰治＋ねこ助／『刺青』谷崎潤一郎＋夜汽車／『詩集『抒情小曲集』より』室生犀星＋げみ
『Kの昇天』梶井基次郎＋しらこ／『詩集『青猫』より』萩原朔太郎＋しきみ／『春の心臓』イェイツ（芥川龍之介訳）＋ホノジロトヲジ
『鼠』堀辰雄＋ねこ助

全て定価：1980円（本体1800円＋税10%）

人間椅子

2020年12月20日　第1版1刷発行
2022年６月１日　第1版2刷発行

著者　江戸川 乱歩
絵　ホノジロトヲジ

発行人　松本 大輔
編集人　野口 広之
編集長　山口 一光
デザイン　根本 綾子(Karon)
担当編集　切刀 匠

発行：立東舎
発売：株式会社リットーミュージック
〒101-0051 東京都千代田区神田神保町一丁目105番地

印刷・製本：株式会社広済堂ネクスト

【本書の内容に関するお問い合わせ先】
info@rittor-music.co.jp
本書の内容に関するご質問は、Eメールのみでお受けしております。
お送りいただくメールの件名に「人間椅子」と記載してお送りください。
ご質問の内容によりましては、しばらく時間をいただくことがございます。
なお、電話やFAX、郵便でのご質問、本書記載内容の範囲を超えるご質問につきましてはお答えできませんので、
あらかじめご了承ください。

【乱丁・落丁などのお問い合わせ】
service@rittor-music.co.jp

Printed in Japan　ISBN978-4-8456-3564-1
定価はカバーに表示しております。